KB060319

청어詩人選 372

뭉클

김대웅 시집

뭉클

김대웅 시집

시인의 말

"이 시집의 작품 해설을 먼저 읽고 시를 읽으시기를 권합니다."

시인의 말에 첫 문장으로 어떤 이야기를 쓸까 많이 생각했다. 내린 결론이 이 시집의 시를 읽기 전에 작품 해설을 먼저 읽기를 권한다는 문장을 쓰기로 했다. 그 이유는 작품 해설을 읽으면 알게 될 것이기 때문이다.

시詩는 뭐라고 할까. 시는 시일뿐이라고 하면 상투적인 말일까. 시는 그것을 넘어선다. 그래야 시의 필요를 알게 된다. 이것은 나에게 꼭 필요해, 라고 하는 가슴에 느낌이 와야 한다. 그런 것이 오지 않기 때문에 일상적인 핑계의 진리와 같은 말로 시 읽기를 피해 간다.

"나, 바빠서.", "그거 볼 시간 없어.", "시 읽을 바에야 다른 것 읽지.", "시는 좀 어려워.", "시는 무슨 말을 하는 것인지 모르겠어.", "일단 시집은 받아 두는데 나중에 천천히 읽어 볼게."라는 식으로 시에 대한 어떤 거리감이 있다는 것을 표현한다.

그래도 이번만큼은 당신 마음에 꽂아둘 한 송이 꽃 같은 시가 되고 싶다. 시를 읽으면서 조금이라도 "뭉클" 하는 어떤 감성이라도 느낄 기회가 되었으면 한다. 여러 편의 시 중에서 한 편이라도 그대의 마음에 알 수 없는 미묘한 느낌이라도 닿았으면 좋겠다. 그런 간절함으로 이 시를 썼기 때문이다.

그런 기회가 이번이 되었으면 한다. 그러면 다음부터는 시가 정말 내 인생에 필요한 인생 詩라는 기다림이 생길 것이기 때문이다. 한 편의 시는 한 사람의 인생, 한 시인의 인생이 영롱하게 맺힌 이슬과 같은 것이다.

시는 한 편이다. 그 편 편들이 모여서 시의 집을 이루게 된다. 그것을 가리켜 시집詩集이라고 한다. 그런데 그냥 모아서 엮어 놓은 것이 아니다. 시가 사는 집을 만들어 놓은 것이기에 시집(시 하우스, house of poems) 또는 시집(시홈, home of poems) 이라고 하면 좋겠다는 생각이 든다. 그러한 느낌을 주는 시집이라면 이라는 전제 하에서이다.

시 하우스로서의 시집은 시들을 모아놓은 느낌을 주는 것이다. 그저 시집이 시집이지 뭐 하는 느낌이랄까 그런 것이다. 그러나 한 걸음 더 나아가 시홈으로서의 시집은 마치 집의 인테리어가 예쁘다 잘 꾸몄다 하는 감을 주는 것과 같은 시집이길 바라는 것이다. 시홈으로서의 시집은 특징이 있는 시들의 독특함 또는 개성이 있는 것을 마음에 와닿게 해주는 것이라고 할 수 있다. 그런 시집이 되고자 한다.

이번에 내어놓는 이 시집은 시로 지은 네 번째 집이다. 이 시집을 둘러보면서 마음에 꼭 들었으면 한다. 마치 견본 주택에 들러서 이 방 저 방을 둘러보며 실내장식을 꼼꼼하게 살펴보고 분위기를 살펴보고 전체적으로나 세부적으로나 마음에 들면 딱 마음에 들어 하는 그런 표정이었으면 하는 기대감이다. “그래, 이 집으로 정하자. 계약하자.” 하듯이 “그래, 이 시집으로 하자. 한 권 사자.” 하였으면 한다.

이 시집 안에 있는 여러 편의 시를 쓰고, 완성된 하나의 시 작품을 탈고하고 끝난 것이 아니다. 하나의 시편은 시인의 손을 떠나 시집을 잡은 당신의 손에 들려 있을 때이다. 그때 그 순간 시와 시인과 독자의 만남이 이루어지는 순간이다. 느낌과 해석은 시를 읽는 이의 영역에 달려 있다. 당신이 좋다 하면 좋은 것이고, 에이 하면 그런 것이다. 당신이 좋다 하면 그 시를 읽고 친구에게 권하거나 선물하거나 하여 시집은 이 사람 저 사람에게 시집도 가고 장가도 가게 된다. "좋은데 너 한번 읽어봐봐~" 그러면 그 시는 시인의 산고産苦를 잊어버리게 하는 기쁨을 주는 것이라고 할 수 있다.

시를 읽는 사람은 시 외에도 다른 책들도 읽는다. 책을 제대로 읽는 사람은 어떤 실용성 있는 자격증을 따기 위하여 공부하지 않으면 안 되는 수험생과 같이 책을 읽지 않는다. 그냥 일상의 호흡처럼 읽는 이들이다. 그런 이들은 시집이든 무슨 책이든 관심과 호기심으로 읽어서 두루두루 통하는 것들이 있다는 것을 안다.

책이나 시집이나 자신이 읽고 느끼는 것이 있으면 효용성과 실용성이 있어서 찾게 된다. 사람은 필요를 찾아서 하는 존재다. 자신에게 이것이 필요하다고 느끼면 어떻게 해서라도 시간을 낸다. 그만한 가치가 있다고 여기기 때문이다. 그리고 성취감을 맛보면 계속 찾게 된다.

시詩는 시poem라야 하는 것이 맞다. 아니, 시는 시여야 한다. 시라고 하는데 시가 아니면 시일 수 없는 것이다. 시의 정체성의 모호함이다. 그것은 시라고 할 수 없는 것이라고 할 수 있다. 나는 시라고 썼는데 읽는 이가 이게 시야! 라고 한다면 그 시의 정체가 의심을 받는 것이다. 이게 시구나! 그래 시는 이런 맛이야! 하는 이야기를 한다면 시의 정체가 빛나는 순간이다. 그런 시를 쓰기 위하여 시인은 한 편에 응축을 하여 이슬방울같이 표현하는 것이다. 많은 이야기가 압축되어 있고,

한 편의 시를 해설하려고 하면 많은 서술이 나올 수 있는 그런 시가 좋은 시라고 생각을 한다.

시의 소재는 일상에 있다. 특정 주제만을 가지고 할 수도 있지만 그러다 보면 한계에 금세 부딪힐 수밖에 없다. 시로 표현할 수 있는 것은 일상의 모든 것이다. 종교, 정치, 사회, 교육, 경제, 윤리, 문화, 연예, 우주, 과학 등등 무한하다. 아주 미세한 것에서부터 아주 광대한 것에 이르기까지 시로 표현할 수 있는 것이라면 다 소재가 될 수 있다.

시를 표현한 내용, 구조, 방법에 따라 서정시, 산문시, 저항시, 소설시, 순수시, 단문시, 민조시 등 다양한 시 장르가 구별되기도 하지만 어느 장르이든 뭉클함으로 전달력이 있는 시라야 한다는 것은 공통점이다. 즉, 시가 시다워야 한다는 것에 방점이 있다. 그러면 시로써 시인인 것이다.

이 시집에 있는 시들이 시답게 느껴지고, 그 중에 마음에 쏙 드는 한 편의 시가 있어 당신 마음의 화병에 한 송이 시詩꽃으로 꽂히게 되길 기도한다.

2022년 12월

시詩가 만들어 준 시인詩人

김대응

차례

3부 찾을 때까지 길 위를 걸어갑니다

4부 마음에 길이 있습니다

5부 마음에 자유가 살고 있습니다

6부 마음은 자유민주주의 길입니다

7부 아직도 끝나지 않은 코로나 팬데믹에서 생존하는 길

1부

등불이 켜지면 갑니다

그 길로 가더라도
그 길 위에 길을 걸어가면
열리는 길이 있어
지나온 줄도 모르게 여유롭게
길을 간 행복한 사람을
본 적이 있다고 한다

뭉클

당신에게 보낸 한 편의 詩
보았지요
어땠어요
지금쯤 당신은 가슴에 두고
고민을 하고 있을 테지요
기다리고 있습니다
당신 가슴에 뭉클거리며 피어나는
꽃이 되는 그 순간까지
그냥
마냥 기다리겠습니다
이 계절을 지나
꽃이 피는 때가 오면
당신 가슴에 핀
시詩꽃 한 송이 들고
환한 웃음으로 올 그날을
기다립니다

말이 씨가 되어

내 말이 씨가 되어
당신 가슴에 쿵 떨어져
어느 날
그리움으로 피어나는 향기 되어
내 곁에 와 웃음 짓는
환한 붉은 장미였으면
정말 좋겠습니다
좋겠습니다
그러길 바랍니다

내 마음에는
당신이 지나가며 한 말
깜짝 놀라 손사래 치며
농담이야!
그냥 한 소리야! 했지만
내 마음엔 '쿵' 하고 심어져
씨가 되어
자라고 있습니다

너에게로 가고 있어

오해가 있을 수 있어
나와 너 사이의 간격

언제나
달과 별과의 거리
해와 나와의 관계처럼
주고받는 것의 존재감이라
깨지지는 않아 좋기만
하다

그런데 어느 날
오해가 아닌데
그걸 풀 수 있는 문을 닫아버렸어
폭풍이 지나간 자리에
다시 찾아가면 복구하듯
그럴 수 있는데

내가 가까이 가도
같은 극끼리 밀리는 지남철처럼
자꾸만 밀리 피하는 딩신
마음을 열어
한 번 귀를 기울이면
아하! 하는 기쁨으로 변할 텐데

그래도
그래도
오늘도
나는 너에게로 가고 있어

영혼의 등불

내 영혼에 등불이 켜지면
나는 길을 걸어간다
피곤한 육신 위로 태양이 기울면
내 영혼에 등불이 희미해진다
황혼이 지는 길을 따라
내 영혼이 잠이 들기 시작하면
새로운 나라에 나는 가 있다
그곳에서만 볼 수 있는 꽃
그곳에서만 만날 수 있는 행복
자유로운 나라

시간이 되면
내 영혼에 등불이 켜지고
나는 이 땅을 걸어간다
태양이 떠오르듯이
나도 세상으로 나온다
오늘은 내 영혼이 잠들지 않기를 바라며
태양이 가는 길을 따라
마음의 날갯짓을 힘 있게 한다
바람의 풍향을 맞으며
자유로운 나라 상공을 나른다

잘 잤어

어둠의 벽이
실금으로 깨어지는 희미한 새벽
은총의 손길로 눈빛이 반짝인다
모두 아직은 밤중
누군가에게 말을 걸듯
나에게 말을 한다
잘 잤어
한 식구가 일어나면
다가가 잘 잤어
눈 비비는 졸음이지만
응~
하루의 시작은 잘 자고
잘 깨는 것으로부터 시작된다

너에게로 다가가고픈 날

날이 맑은 날이면 그런대로
어디나 갈 수 있는 길이 보인다
날이 환한 미소이듯 누구를 만나도
환한 얼굴로 웃으며 맞이한다
그날따라 마음도 환하기만 한 걸
이대로 계속 가는 길이길 희망하지만
이날도 변할 때가 있어서
구름이 몰려오고 날이 흐려지면
길도 흐려지고 사람들의 표정도 어두워지며
갈 길을 잃은 사람들 속에
나도 끼어들어 있다
비 오는 날 처마 밑에 비를 피하고 짹짹거리는
내가 본 그 참새처럼
그 참새가 나를 보고 있을까
수많은 사람 속에 떠오르는 사람
저 멀리 수평선에 희미한 점처럼
보일 듯 떠오를 듯 생각 속에 맴돌다
사라지는 그리움의 하얀 연기 향수
이렇게 비가 오는 날이면
잊힌 그리움을 불러오는 너,
너는 어디에 있는 걸까
환한 날에는 잊히고

비 오는 날에는 생각나는 그리운 너
오늘도 비가 온다
비가 와요
그리움을 타고 내리는 하늘의 향수
다가갈수록 더 멀어지는 아득한 안개비
너에게 다가가고픈 날
그날은
그날의 추억 속에만 있길 기도하노라

그래도 가야 할 길

그 길을 지나간 사람이 없다
한다
그 길은 유일한 길이라
가긴 가야 하는데
길은 있지만 지나가지 못하는 길
거긴 '프로크루스테스의 침대'*가 있어
많은 이들의 무덤이 되었지만
그렇다고 뒤로 가고
그렇다고 그 앞에 멈출 수 없는 법
길을 막아선 장벽 같은 그런 류類들
'테세우스의 처형'**이 임할 때까지
기다림은 흐르는 강물처럼 되니까
하늘에서 준 지혜를 얻어
그 길로 가더라도
그 길 위에 길을 걸어가면
열리는 길이 있어
지나온 줄도 모르게 여유롭게
길을 간 행복한 사람을
본 적이 있다고 한다

*'프로크루스테스의 침대'는 프로크루스테스의 신화에서 유래된 말로 자기 생각에 맞추어 남의 생각을 뜯어고치고, 남에게 해를 끼치면서 아집과 횡포로 남의 앞길을 막고 죽이는 것을 뜻한다.

**'테세우스의 처형'은 프로크루스테스를 잡아서 침대에 누이고 그가 행했던 똑같은 방법으로 머리와 다리를 잘라내어 처치한 심판을 뜻한다.

길을 찾아가는 길

길을 가면서
길을 찾는다
앉으면 길이 보이지 않는다
일어서면 저 멀리까지 보인다
아득히도 보이지만
다리는 아프다
여기서 편해지자고 쉬고 있으면
언제 저기까지 갈 수 있을까
하루를 쉬면
저기 보이는 것은
더 멀어지고
또 하루를 미적이면
까마득히 보이지 않는다
아프다 아파도
가야 할 길은 가야 한다
그곳에 이르러야 행복한 쉼을
얻을 수 있다
가야 하는 길에 바람이 분다
흙먼지 날리고
눈을 못 뜨게 하여도
감고 가다 보면 맑은 하늘이 보이리라
길을 가면서 길을 찾는다
길이 길 위에 있기에

길을 찾는 사람들

길 잃은 사람들은
어디서 길을 찾을 수 있을까
길 잃은 사람들이
제 길로 돌아올 수 있도록
어떻게 할 수 있을까
길 잃어버린 사람들은
누구를 말하는 것일까
여기저기 길 잃은 수많은
그런 사람들이 있다고 하는데
정작
주변에 보이지 않는 까닭은
아픈 마음 드러내지 않고
숨은 속사람 꽁꽁 매고 있음이라
비밀리에 조사하는 응답지에만
익명으로 존재하는 아픈 사람들
겉으론 평온한 척
속에서는 뼈아픔
언제까지 견디려는지
나약함 보이긴 죽기보다 싫어
불쌍하다고 애도하는
그 지점에 도착하지 않도록
마음 깊은 동굴 환하게 비칠
햇살의 기도를 드리리라

길에서 길을 찾다

길은 언제나 길로
그 길은 있는데
왜 길이 보이지 않을까
보이는 길은
집을 나서면
여기저기 길투성이지만
어느 길로 가야 할지
답답함이 가슴에 머무는 것은
무슨 이유일까
길을 따라가면
아무 길이나 가면
길은 다 통하는데
아무 길로도 갈 수 없는
심정心情의 침잠沈潛
오고 가는 사람들
지나가는 자동차들
스쳐 지나가는 바람 소리
태양의 긴 치맛자락 같은 그림자
길 위에서
길을 못 가는 나그네
목이 길어 더욱 타는 목마른 기린같이
저 먼 곳으로 그리워 그리운
시선의 화살을 쏘아 보내노라

2부

당신에게로 가고 있습니다

길이 막혔어도 가야 하고
길이 끊어졌어도 가야 하고
가야 할 길은 바뀐 길이 아닌
그동안 걸어온 길

태양의 길을 가듯

새벽이면
기다려지는 시간
그때를 맞추기 위하여 달려간다
천지의 어둠을 가르는 해님을
만나러 만나러
얼굴을 내밀고 올라오는 지점
마주 서 그 얼굴의 광채
표정을 보면 알 수 있다
오늘 하루 열리는 문
좋다 그저 그렇다 나쁘다
감정의 기복이 있지만
당신은 늘 평온하기만 하다
오늘도 해님 앞에 마주 섰다가
돌아서는 발길로 평화의 빛 그림자
앞서서 간다
밟을 듯 밟힐 듯 밟히지 않는 빛
새벽에서 아침으로 가는 길
오늘도
태양은 태양의 길을 가듯
나 또한 나의 길을 가야만 한다
가야만 한다

지금 걸어가는 길

우리는 가고 있다
이전에 걸어온 길
지금 걸어가는 길
중간에 길이 교체가 되었어도
지금 걸어가는 길
그 길을 가야 한다
길이 막혔어도 가야 하고
길이 끊어졌어도 가야 하고
가야 할 길은 바뀐 길이 아닌
그동안 걸어온 길
다른 길로 가라고 하지만
갈 수 없는 갈 수도 없는
이 길 위에 서 있더라도
길이 다시 이어질 때까지
가야 할 길만을 가고 있다
우리와 함께했던 이들
다른 길로 갈아탔을지라도
나는 이 길만이 나의 길
이 길을 가는 저 멀리
깃발이 펄럭이는 것을 바라보며
나는 가고 있다

살아있는 동안

아직도 걸어가야 할 길이 저만큼 있고
아직도 해야 할 일이 이만큼 남아 있어
살아있는 동안
산을 쌓아야 할 텐데
홀로 하는 분량을 이어
남은 분량을 이어갈 산맥을 연결하고
정상에서 쉬엄쉬엄하여야 하리라
아직도 저만치 보이는 길 희미하지만
그곳에 이르기 전 돌탑을 쌓듯이
부지런히 오고 가며 하나의 돌이라도
얹어 놓는 사람아!
아직도 걸어가야 할 길
아직도 해야 할 일
미련을 두지 말고 때가 이르면
그만큼 한 것으로 위로를 삼는
쉼,
쉬므로 대신하는 것이 어떠하겠는가
살아있는 동안의 분량
그만큼으로 됐다 하고 내려놓음으로
새 길을 가는 기쁨을 맛보지 않겠는가?

더 좋은 길

나는
이 길을 간다
때론
그때 그 길을 갔었으면
어땠을까 하는 아쉬움이
여전히 있지만
그때마다
나는
내 마음을 돌이킨다
이미
갈 수 없는 길을 온
시간이 얼만데
그 어리석음을 탓한다
지금
내 가는 길이
갔었으면 하는 길보다
더 좋은 길이라는 것을
새삼 알고
미소 짓기 때문이다
나는
이 길을 간다

지나가는 길에

당신 만나러 가려고
몇 번이나 생각했어요
미리 알리고 간다고 하면
어떨까 여러 번 망설였지요
아무래도
아무리 생각해도
미리 연락하고 간다고 하면
이것저것 분주하게 할까 봐
당신도 부담되고
나도 거북스러울까 봐
생각을 거듭했어요
어차피 한 번은 만나야기에
슬쩍 가기로 했어요
있으면 만나고
없으면 지나가기로 했어요
그때마다 문은 닫혀 있었고
시간은 흐르는 강물처럼 흘러
이제는 지나갈 일도 없어졌네요

아직도 가야 하는 길

가야 하는 길에
평소의 길은 가고 있고
어떤 날은 가고 싶지 않은 날
뭉그적거리며 가고 싶지 않은데 하는
마음 구석이 영 쓰린 날이 있어
그 길도 가야 하는 길이라서
간다 간다 간다
겨우겨우 하룻길을 가고
가고 싶지 않은 길은 버리고
새 길을 찾아 기다린다
길이 열릴 때까지
길이 열리는 순간 가야 하지만
보다 빠른 새치기하는 놈 때문에
길은 닫히고 마는 탄식이여
길은 또 길이 있어
안개 낀 길 가지 않은 길에
끼어들 틈이 없는 길이 가야 할 길
아직도 이 길은 가지 않은 길
이 길을 간다
아직도 가야 할 길
저 멀리 별빛이 반짝인다
태양이 비치는 길 따라가고 있는 중
신비로운 새소리가 노래를 불러준다

그때는 몰랐고 지금은 알았다

그때는
정말 정말
되돌아보니 정말 몰랐다
이거라고 굳게 믿고
미친 개처럼 물고 뜯었다

그런 시절이
혈기왕성한 철
분노의 광기로
죽을 줄 모르는
철없는 용사의 시간

또는
편향된 무식의 소치였고
배우면서 또 깨지면서
실금이 가는 아픔의 진폭
누가 미친 것인지 알았다

지금은
알았고 알았다
이제야 되돌아 나온 세월
지나간 세월 후회 아닌
미로의 길이었을 뿐이라고

그때는 몰랐고 정말 몰랐고
지금은 알았고 정말 알았다

불확실성의 가야 할 길

마음에 길이 있는 것은
기도가 있기 때문이다
마음 길이 열리면
세상 길이 열리는 것을
보았다
가고 싶은 길이나
가고 싶지 않은 길이나
앞에 있어
문을 열어야 한다
망설이는 사이
손짓하는 길을 따라간다
길 저 멀리 아득히 보이는 점
그곳을 향하여 간다
무엇이 기다리고 있을지 모르지만
확실한 것은 그리로 가야 한다는 것
불확실성의 확실성을 믿기에
그것은 기도가 된다
가야 할 길을 가다 보면
안 보이던 길이 보이고
다른 새로운 길이 열린다

길은 가야 할 길
그 길 위에서 서서 가다 보면
막연한 것도 길이 되리라
가끔 뒤돌아볼 수 있지만
끊어진 길
가야 하는 길로 이어지는 길이
가야 할 길
그 길에 비치는 빛을 따라간다

그 길은 나의 길

그 길은 나의 길
선택의 여지가 없는
문을 나서면 습관처럼 가고
누구를 만날 때만
새 길 찾아갈 뿐
돌아오는 길은
내가 지나갔던 길
그 길로 다시 돌아온다
한 번도 불평해 본적 없이
이 길은 나의 길로
다니는 길
이 한 길
언제나 나가고 들어오고
아무리 다녀도 닳지 않는
행복의 집으로
향하는 오직 한 길
그 길은 나의 길

3부

찾을 때까지
길 위를 걸어갑니다

다시 만날 때까지 안녕이라고
손을 흔듭니다
세월의 끝까지 함께 온 그대
사랑합니다 사랑합니다

알고나 가세요

만남은 축복이 맞습니다
그건 정상일 때입니다
만남이 저주가 될 때는
틀립니다
다름이 아닌 틀림인
그런 만남은 차단입니다
어떻게 알 수 있는지는
겪어본 것으로 충분히
충분히 압니다
근데 아리송한 것은요
경우마다 다르지만
지금 그건
정말 아니라는 결론입니다
만남이 저주가 될지
만남이 축복될지
하는 것은
전적으로 결단의 연속입니다
오늘 만남
어떤 길일지 알고서 가세요

다 이유가 있다

어제는 자는 줄도 모르고
곯아떨어져
어떻게 잤는지도 몰랐다

눈이 절로 떠진 새벽
세상은 고요하고
아직 빛이 희미하다

하늘로 가는 길을 따라
계단을 올라가면
기도처가 기다린다

하늘의 손을 잡고
붙잡고 한참 있으면
아치형 창문으로 빛이 밝아온다

어제는 생각나지 않는 죽음에서
오늘은 빛나는 아침의 부활 터전으로
돌아온 것은 다 이유가 있다

부활 길을 걷는다

4월
4월은
부활의 달
태초로부터 지금까지
언제나 지금까지 빛이 오고 있었다
다만 사람들이 죄와 회개 사이를 방황하고 있을 뿐
빛은 한 줄기 이 땅에서 순례의 길을 비춘다
이 빛을 따라가는 자
빛나는 면류관을 바라보고
이 빛을 외면하는 자
은밀한 곳에서 죄악과 짝하고
세상에 속한 공중의 권세 잡은 자들
권력이란 독주에 취해 칼을 휘두른다
저 멀리 오시는 임
이제 너무 가까이 와 있다
이제 당신과 나 우리 가슴으로 들어와
불을 밝히고
하늘과 땅 어둠을 가르고
영으로 육을 이기는 능력을 주셨다
저 깊은 지옥
저 높은 천국
우리 걸어가는 이 길 위에
죽음 사망 권세 이기고 부활하신 예수

다시 오사 성령으로 충만하게 하신다
4월
4월은 죽은 뿌리에도 생기를 불어넣어 살린다
그 생명의 근원 되시는 예수
예수 부활하셨다
우리는 이 부활 길을 걷는다
예수 부활하셨다
우리는 이 부활 길을 걷는다

생명의 불꽃

이곳에서 저곳으로 가신 높은 분보다
이곳에서 희망을 품고 살지라도
살아 숨 쉬는 것만으로도 행복한 이들은
황금보다도
권력보다도
미모보다도
폭풍우 속 세상 파도를 타고 갈지라도
숨 쉬는 순간마다 번쩍이는 생명의 불꽃이 있어
이보다 더 좋을 수 없는 것을
그대와 나 그리고 우리는 손잡고
꿋꿋한 생명의 등대로
이 자리에 서 있기를 탄원하노라

영원으로 가는 징검다리

잘 잤어
하루는 이렇게 시작

새날
밝아 문을 열면

새 사람
새 얼굴을 본다

어제 만났던 그도
오늘은 새 얼굴

어제의 이음
영원으로 가는 징검다리

밟고 가는 중
하나

오늘은 어때
좋아

당신에게 이르는 길

지금까지 당신 곁에 있었던 것은
사랑일까
사랑이라는 말로 포장된
또 다른 위선은 아니었을까
문득
그런 생각이 드는 것은
내 마음속에 이는 회한
참회가 있기 때문이리라
당신 곁에 머물면서도
사랑이라는 것을 한 번도
해본 적이 없다는 느낌이 드는 것은
아련한 모태 이전의 태곳적
죄 때문이리라
그래서 그런 생각이 드는 날에
나는 나는 새 마음으로
오늘부터
지금, 이 순간 당신을 더욱 사랑하겠노라
그것만이 당신 마음속에 머무는
사랑과 진리의 길이라는 것을
알았네
알았네
알았네!

함께 갑시다

우리
우리 함께 갑시다
당신과 나 그리고 그대
우리
우리는 하나입니다
생각이 때론 다를 수 있어도
우리 사는 이 터전
하나의 조국 여기서 하나
하나 되므로 뭉쳐봅시다
우리
우리 함께 갑시다
이 땅의 영광을 위해
사랑하는 임의 영광을 위해
우리 하나 되어 노래합시다
노랠 불러요
함께 부르면 새날이 올 것이라
믿음 다지며 불러봅시다
불러봅시다

내 손을 잡아 보시게

공중은 땅에 있는 것들은 올라갈 수 없는 영역이지만 날개가 있는 것들은 공중에서 아래를 내려다본다. 땅에 기는 것들 아무리 빨라도 공중 나는 것들을 결코 이길 수 없다는 걸 알고 있다. 땅바닥 기는 것들 아무리 한을 품은 들 공중 날며 희희낙락하며 흙바닥 기는 것들 잡아먹는 재미를 톡톡히 보고 산다. 언제쯤 공중 나는 것들을 혼내줄 수 있을까 하지만 그건 상상 속에만 이루어지고 이생에서 한 번도 경험할 수 없는 사계절이 돌고 도는 진리처럼 살아야 할 숙명. 땅에 평화 하늘에 영광을 꿈꾸는 사람들. 그건 너와 나의 탐욕이 존재하는 한 깨몽일 뿐이야. 너도 저 공중 나는 것들과 같이 되고 싶냐. 그러려면 방법이 없는 것 아니지. 너의 선한 마음을 깨고 탐욕의 화신으로 일단 변신을 꿈꾸어야 한다. 그리고 그 줄에 서서 날아오를 기회가 올 때까지 기다리는 거야. 지금 공중을 날며 마음대로 포식하는 포식자들도 그런 인고의 시절을 보냈지. 마치 인동초처럼. 그리고 햇빛 찬란한 세상에서 땅과 하늘을 오가며 먹잇감이 있는 곳에는 낮에는 해처럼 눈을 밝히고 밤에는 구석구석 촛불을 밝혀 찾아내어 먹었지. 처음부터 독수린 아니었지만 탐욕이 활화산처럼 불타오르면서 거치는 것들을 궤멸하겠다는 증오의 원자력발전소가 가동을 하였지. 산에도 도시에도 태양광이 번쩍번쩍 빛나고, 탐욕으로 원하는 것은 무엇이든지 얻을 수 있는 법法 제정의 화적떼들이 여의도에서 작당을 하고 있었지. 모이면 끼리끼리 수군수군 흩어지면 전국에서 닥치고 먹잇감을 먹었지. 그래그래 그 힘은 바로

네 이웃의 집이나 네 이웃의 아내나 네 이웃의 소유를 탐내는 계명을 철저히 지킨 덕이었지. 누가 그랬을까. 너도 알고 나도 알시반 서로 볼 때는 웃고 있지만 돌아시면 인면수심으로 바뀌는 그들이 우리 삶의 영역에 있잖아. 독수리가 되려면 탐욕을 달라고 기도하고, 비둘기로 살려면 지혜를 달라고 기도하고, 뱀처럼 지내려면 지식을 달라고 기원을 해야 하지 않을까. 오늘도 우리는 이러지도 저러지도 못하면서 살고 있는 것 같지만 실은 저마다 갈 길을 가고 있으니 걱정하지 말게. 길은 저만치 열려있으니 가고 싶은 데로 가다 보면 어떤 길이든지 열리지 않겠는가. 길은 이 땅에서 저 하늘 끝까지 잇닿아 있으니 그 길을 바라보면서 같이 가시게나. 내 손을 잡아 보시게.

세월의 끝에서 나누는 정情

그대의 얼굴을 보고 있으면
행복합니다
그대의 손을 잡고 있으면
행복합니다
그대의 가슴에 안겨 있으면
행복합니다
그대와 대화하고 있으면
행복합니다
그대와 모든 것을 함께 할 수 있어서
나는 행복합니다
이제는 시간이 되어
떠나야 떠나야 해요
아쉬워도 붙잡을 수 없어요
있고 싶어도 있을 수 없어요
가야 하고 돌아갈 집으로 먼저 갑니다
다시 만날 때까지 안녕이라고
손을 흔듭니다
세월의 끝까지 함께 온 그대
사랑합니다 사랑합니다
며칠 후 만날 때까지 잘 있으시오
며칠 후 만날 때까지 잘 있으시오

4부

마음에 길이 있습니다

반드시 올 것이라는 희망 사항 아닌
약속받는 그날을 기다린다
기다린다
그 사랑이 올 때까지

봄비가歌

봄비
봄비가
봄비다
봄비가 오면 길을 나선다
봄비 따라서 오시는 임을 맞으러
우산을 들고 나선다
나는 비를 맞아도 좋지만
나의 임은 비를 맞지 않았으면 좋겠다
내가 좋아하는 비처럼
좋아하기는 하지만 비를 맞는 건
끔찍이 싫어하기 때문이다
나는 비가 되어
비의 동료들에게 비켜 가라고 툭툭 친다
봄비
봄비가 오신다
언제 오는지도 언제 가는지도 모르지만
오면 반갑고 가도 반가운 봄비 내리는 길
봄비 내리는 길을 따라 하염없이
가는 길, 나는 비가 된다

그대에게 보내는 편지

언젠가
그대에게 편지를 보내려고 했지만
끝내 보내지 못하고
마음에만 간직하고 있었어요
보낼 수 없는 편지
보내고 싶은 편지였지만
세월이 흘러 주소도 알지 못하고
찾을 수도 없는 얼굴
하늘 아래 구름이 흘러가듯
동서남북 바람 불어 계절이 변하듯
봄 여름 가을 겨울 그리고
천상으로 가는 문 앞에서
마음을 녹여 풀어낼 수밖에 없는
시간이 오겠지요
아직도 가야 할 시간이 남아있어
사랑으로 가는 마음의 기차를 타고
햇살 따뜻한 길을 걷고 있어요

나에게 소중한 사람

그런 사람이 있어
좋다
언제 전화해도
받아주는 친구

이런 사람이 있어
좋다
무슨 말을 해도
이해해 주는 친구

저런 사람이 있어
좋다
언제 찾아가도
문을 열어주는 친구

가까이 있는 사람이 있어
좋다
그런 이런저런 풍상을 겪었어도
함께 있는 친구

나에게 소중한 사람들이 있어
좋다
오늘도 길을, 더 가야 하는데
길 벗해 주는 친구

좋다 좋다
참 좋다
이렇게 끝까지 가기를
두 손 모아 기도한다

인생 백신

당신을 생각했어요
아니
나 자신이 사실 힘들어요
살 소망도 끊어지고
삶의 의미도 별로예요
의욕도 없고요
하지만 하지만 하지만
마지막 출구로 믿음의 줄을 잡았어요
살아계신 하나님이라면
하늘에서 동아줄이라도 내려주시길
기도했어요
내가 살아야 희망의 등대 불빛이
될 수 있을 것 같아서
그렇게 되어야 하길 소망했어요
모든 사람은 죽는다
나도 죽는다, 언젠가는
맞아요
그런데 그때가 이때가 되어서
힘드네요
언젠가가 이때가 될 줄 몰랐지만
하나의 유일한 희망
삶과 죽음의 갈림길에서 갈라지는
지옥의 길과 천국의 길이 있다는 것을

나는 보았어요

손짓하고 있었어요

지옥 가는 길 아무도 부르지 않았어요

천국 천사들 애타게 소리치며 예수 믿으라고 불렀어요

아!~

쉽지 않은 선택의 결정

나를 애타게 불러주는 곳 예수 믿기로 했어요

생명의 불씨가 내 안에 들어와 살 소망을 일으켰어요

예수 생명의 주

이 세상 살 때도 살 소망이고

이 세상 이별할 때도 천국 소망인 것을 보았어요

나는 믿었어요

인생 백신 내 마음에 예수 접종이라는 것을

이젠 괜찮아요 정말 괜찮아요 진짜 괜찮아요

사랑이 올 때까지

나,
기다렸다
기다리고
또
기다리고 있었다
시간이 흐르고
흘러
얼마의 시간이 갔는지
기억이 흐리다
그래도
기다림은 계속되고
이 자리를 뜰 수 없는 것은
마지막 희망 때문이라는 것을
너무 잘 아는 까닭이다
그만하면
그만하면 됐다 하는 마음이
들고 들어도
위로가 되지 못한다
이루지 못한 사랑의 응답은
어떤 위로도 소용이 되질 않는다
이루지 못한 사랑의 꿈을
간구하며 기다리는 시간
그 자리가 위로의 시간일 뿐

누가
그 빈 마음을 채울 수 있을까
나만 아는 내 마음의 그 자리에서
오늘도 나는
기다리고 있다
반드시 올 것이라는 희망 사항 아닌
약속받는 그날을 기다린다
기다린다
그 사랑이 올 때까지

아파도 사랑합니다

사랑은 여기 있으니
하나님은 사랑이시라
사랑은 여기 있으니
당신이 내 사랑입니다
사랑한다고 그렇게 사랑한다고 하면서
몇 분 몇십 분 늦었다고 그렇게 퉁을 주는 당신
미워 미워 미워
말문을 닫고 하루를 지나고
일주일을 지나다 보면
그냥 지날 일도 큰일 되어
분노의 불이 가슴을 잡아먹어
사랑은 온데간데없고 미움의 불 화산 되어요
아무렇지도 않게 한 무의식적으로
또는
그냥 개구쟁이처럼 장난삼아 한 말이
그대의 가슴에 그렇게 아프게 꽂힐 줄 정말 몰랐어요
그래요 그래요 그래요
우리 그런 말이든 저런 말이든 사랑할 때나
미워하는 마음이 생길 때나 죽이고 싶은 생각이 들 때도
사랑은 여기 있으니 그 추억을 되돌려 봅시다
마음에 있는 깊은 사랑 변하지 않고 있는데
원치 않는 입방정으로 한 것
진짜 그런 것으로 안 당신이라면

정말로 미안해요
지금이라도 내 진심을 알아주는 아량
그런 마음으로 돌아와 주세요
다시는 안 그럴게요
그렇지만 나도 모르게 튕겨 나간 말
나도 모를 때가 있어요
그렇지만 please 제발
마음을 열고 대화의 시간으로 돌아와요

언제까지 사랑할 수 있을까

우리
우리라고
말했던 그 시간
사랑이 찾아왔던 그 시절
눈빛만 보아도 사랑스러웠던
그 순간들
그 시간이 지나도
우린 여전히 사랑하고 있어요
돌아보면 잊어버리고 사는 것
너무 많고
바라보면 안개 낀 길
앞에 기다리고 있어도
지나온 모든 세월
사랑으로 손잡은 하루여서
순식간에 지나
겹겹이 쌓인 세월 동행하였는데
이제
지나온 길보다 더 짧은 세월
막을 수 없는 순리의 나날들
우리, 우리, 우리는
언제까지 사랑할 수 있을까
사랑할 수 있을까

더불어 살더라도

좋은 것만 보고 살길
원하지만
원하는 대로 되지 않는다
그게 사는 것이다
나쁜 것은 피해 보길
원하지만
원하는 대로 되지 않는다
그게 사는 것이다
사는 것에 지쳤을 때
그냥 그렇게 사는 것이지
푸념 아닌 체념으로 내려놓지만
기운을 차려
이런 꼴도 저런 꼴도 살길이라
그냥 통과하다 보면
광장 보이고
청명한 하늘이 내려오고
심호흡으로 햇살을 삼킬 때
하늘은 머리 위에
발은 대지 위에
저 멀리 천국 같은 뷰view가 보인다

유자식 상팔자 꽃

자식이 뭐라고
자식이 자식이지
무無자식 상팔자라 했는데
속상해
의심하지도 않고
덥석
그 말 동의하듯 받아먹었다
그래

자식을
보며 드는 생각
결혼 안 하겠단다
혼자 살겠단다
속 터진다

무자식 상팔자
그리 동의했으면
결혼 못하는 거 아닌
결혼 안 하겠다는 거
환영해야 할 텐데
아니지

속상하면 순간
무슨 말이든
제정신 놓고
동의못 할까

자식은 결혼하고
자식을 낳고
또
낳고
낳아야
유有자식 상팔자
팔자 꽃이 만발할 텐데

5부

마음에 자유가 살고 있습니다

존재의 이유, 거기에 있음이라
다시 또다시
거기에 도달하기 위해

마음에 핀 촛불

보이지 않아도
보입니다
느낄 수 없어도
느낍니다
보이는 꽃은 시들지만
보이지 않는 꽃
내 마음의 꽃은
계속 피어나고
피어나는 영원함입니다
당신의 눈빛과
나의 눈빛이 마주치고
또 마주쳐 빛을 발하면
눈꽃이 피고
마음의 불꽃이 피어납니다
당신과 나만이 알 수 있는
보이지 않지만
마음을 뜨겁게 하는 불꽃
그 꽃은 마음 중심에서
오늘은 촛불로 켜져 있습니다

마음으로만 볼 수 있는 사랑

마음이 흐려지면 보이지 않는다
세상이 좋아지면 보이지 않는다
정치가 무서우면 보이지 않는다
무엇이 보이든 따스한 손길이어야
보인다
마음이 추워도
세상이 흔들려도
정치政治가 국민을 덮어도
보이는 것은 오직 하나여야 한다
투명한 하늘의 맑음으로 쏟아져 내리는
눈부신 은총이어야 한다
언제나 저 높은 곳에서 빛을 비추지만
받을만한 마음 그대의 마음이기를
기도한다
마음을 말씀으로 새롭게 하면 보인다
세상을 빛으로 비추면 보인다
정치가 지나가는 바람인 것을 알면 보인다
오늘도 하늘의 따스한 손길을 잡으면
든든한 것은 하나
그분의 사랑인 것을

미쳤어

미쳤어
미쳤네
하는 말을 하기도 하고
라는 말을 듣기도 하며
안타까운 대화를 하고
참 참 어이없는 소식에
그렇게까지 했을 때는 이유가 있을 텐데
아무런 이유가 없다고
그렇게 들려온다
단지 밝히지 않았을 뿐
짐작으로 너나 나나
그 이유를 알고 있고
침묵으로 그럴 것이라는 추측일 뿐
참 참 혀를 차며
미친 미친 세상이야 허탈해하며
잠시 멈추었던 말미末尾를 계속해야 한다
미쳤네
미쳤어

바보 사랑

언제부터 알았다고
얼마나 안다고
당신을 사랑해요 하는
그 말을 바보처럼 믿었어
눈이 멀면 마음이 빠지면
바보가 된다는 것
다른 사람들 조언
귀에 들어오지도 않는다는 것
당신과 나, 우리 겪었잖아요
나도 바보
당신도 바보
때로는 왜 그랬나 하는 마음 들 때
있지만 있지만
누구나 그런 마음 다 들면서도
참고 믿으며 바보처럼 바라보며
늘 처음 만났던 그때 그 추억을
함께 먹으며
오늘도
식탁 앞에 마주 보고 있는 우리
더 이상 말하지 않아도
미소가 말해 주고 있지
우린 참 바보야

그대를 사랑함으로

기다림은 기다림으로
가야 함은 가야 하므로
만날 때까지 가야 하므로
나는 이 길을 가고 있다

저 멀리 보이는 모습
그대인가 싶어
조금 더 빨리 다가갔지만
실상은 아니어서
실의에 빠지기도 했지만

또다시 기다림으로
그대를 기대하며 가야 하므로
이 길을 가는 것만이
그대를 만나는 유일한 사랑이기에
나는 이 길을 계속 간다

미끄러져도
부딪혀도
상처받아도
이 길 저 끝에 있을 당신을 그리며
오늘도 바람 부는 이 길을 걷는다

기다림은 기다림으로
가야 함은 가야 하므로
만날 때까지 가야 함은
나의 사랑이 거기에 있음이라

타는 가슴의 이유

하나
하나의 꿈을 위하여
여기까지 오는 동안
얼마나 많은 갈등과 절망
그 앞에서 눈물의 강물을
흘려보내면서
절치부심 와신상담으로
일어서야 했던 것은
존재의 이유, 거기에 있음이라
다시 또다시
거기에 도달하기 위해
일주월년日週月年 연단으로
금쪽같은 시간 달리면서
다짐을 얼마나 곱하였던가
하나의 인생
한 번뿐인 꿈을 이루기 위하여
타는 가슴으로 달리고
별 헤는 밤을 손꼽으며
오늘 가슴에 뜨는 별을
두 손에 모은다

국화꽃이 필 무렵

길이 있어
마음은 저만치 달려가는데
길이 있어도
가지 못하는 장애障礙
마음과 지체 사이
하늘과 땅만큼의 거리일레라
하늘 보고 기도하고
땅을 보고 엎드려도
달라지지 않는 삶의 텃밭
토닥일 수 있는
한 뼘의 자리만
두드리며 씨앗을 뿌리고
한 송이 노란 국화꽃이 필 무렵
가을이 오는 길을
목 놓아 기다린다

국화 앞에서

모든 꽃이 지는
가을의 마지막 끝에 홀로 핀 꽃
찬바람을 맞으면서도
한껏 꽃을 피우는 국화 앞에
나는 서 있다
너를 보기 위하여
입춘부터 입동까지 기다렸나보다
온갖 꽃들의 향연이 지나가고
너만 마음에 들어와 희망이 된 국화
허전한 마음에 없던 꽃
너로 인하여 꿈이 피어나고
겨울이 올지라도 춥지 않을
노란 목도리 같은 향기 감돈다
사랑, 나의 사랑이여!

가을의 마지막 연인

오늘도 꽃이 핍니다
가을이 마지막으로 가네요
아쉬운 신호를 보내는 서리가 내리고
곧 겨울이 닥칠지라도
꽃을 피우고 또
꽃을 피우는 국화
겨울의 문턱으로 가는 길에 마지막 희망을
피우는 너를 보노라면
나도 희망을 잃지 않으리라
슬픔같이 애잔한 하얀 국화보다는
짝사랑같이 수줍게 흔드는
노란 작은 손수건 같은 노란 국화
마음에 둔 사랑을 노래 대신
노란색으로 눈에 띄게 부르는
지혜로운 아담한 숙녀같이
오늘도 꽃이 핍니다
담장 안에 핀 아담한 노란 여인
가을의 연인이 되어 주네요

6부

마음은 자유민주주의 길입니다

뒤집혀 바로 잡아도 시간이 그만큼
그만큼 걸려야 할 아리랑고개
기다리고 있다는 걸
아는 사람만 아는 걸

지금 정말 아파서 숨을 못 쉴 것 같다

조국이 아프다, 나라가 넘 아프다
정신이 바뀌었다 이념이 변질되었다
자유민주주의를 때리고 짓밟고 뭉개는데도
좋다고 하는 사람들은 어느 나라 사람인가
자유민주주의에서 자유를 빼려고 하다 안 되니
자유민주주의를 자유민주적 기본질서로 바꾸자고 한다
자유민주주의는 변할 수 없는 자유대한민국의 정신
정신을 빼려고 하는 권력자들 정체를 우리는 안다
알면서도 어쩌지 못하는 비극의 시국을 산다
위장된 신분으로 조국의 권력을 틀어쥐고
적군을 대변하는 장수와 부대원들
우리는 조국이지만
그들은 조국을 파괴하는 트로이목마에서 나온 괴물
조국이 더 아파지기 전에 원기를 회복해서
괴물들을 몰아내야 쫓아내야 한다
조국의 아픔을 아는 자들아
조국의 병듦을 안타까워하는 자들아
조국의 망함을 어쩔 수 없이 바라보고 있는 자들아
이대로 있을 것인가 죽음을 무릅쓰고
한 번은 일치단결하여 일사 각오로 외쳐야하지 않겠는가
무너질 것 같지 않았던 견고한 여리고 성
침묵으로 일곱 번 돌고 물리친
그 함성의 교훈을 소환하라

조국이 좌파 주사파 친북 친중 사회주의 공산주의자들에 의해
파선 직전으로 기울어져 있는 것을 바라보고만 있겠는가
조국이여 일어서라!
조국이여! 정신을 차리라!
조국이여! 자유민주주의 정신으로 하나로 뭉치라!
조국이 사는 길 우파 예수파 친미 친일 자유민주주의자들에
의해
뭉치면 살고 흩어지면 죽는다
상처투성이인 자유민주주의 국민이여
이제라도 목발을 짚고 깁스를 하고서라도
SNS 광장으로 깃발을 들고 나아가 외치라! 외치라!

게르니카 나빌레라

내 사랑하는 조국祖國의 심장 자유민주주의

주적이 적화赤化하고자 하는 자유민주주의대한민국
내부의 적 트로이목마 군단들이 분탕질하는 자유
조국의 심장을 지키는 것은 필부필부匹夫匹婦들
뭉치자 흩어지지 말자 손에 손잡고 원을 그리며
자유의 함성으로 각자 있는 자리가 견고한 진지陣地
기회의 날이 다가오고 있으니 일어서야 하리라

3·1 독립운동으로 항일운동을 했던 것처럼
3·9 선거운동으로 항 좌파운동해야 하리라
그러므로 좌파 주사파 사회주의 공산주의 내란으로
침몰하는 세월호처럼 가라앉게 지켜보고만 있지 말고
한 표 한 표 줄이어 끼워 치기 하는 부정 표 막아
마지막 전심전력 투표 자유대한민국으로 복원해야 하리라

지난 4·15 부정선거 물증 나와도 뭉개는 사법부

중국몽과 손잡은 통치권자 부정 선거운동 노골적
쏟아지는 코로나 재난지원금 폭포수 막을 길 없고
당당하고 거만한 무법의 길이 탄탄대로를 달리니
쌓이는 것은 나랏빚 일천조 훌쩍 넘어가도
국민과는 아무 상관없는 듯 광폭으로 질주하는
좌파 정권의 탐욕은 어디쯤에서 멈출까

이 또한 국민의 탐욕과 결탁하여 취한
정권 사수 광란의 칼춤에서 뿜어지는 살기
파블로 피카소의 게르니카 위에 나빌레라
한 번도 경험하지 못한 추상화에 취해 눈앞에서 죽여도
범인을 몰라보는 소경 같은 관중들의 함성에 묻히는
붉은 피 냄새에 환호하며 자신을 제물로 바친다

악마로부터 자유민주주의를 지켜라

우리는 우리는 우리는
자유민주주의가 공기였고 산소였다
언제나 처음처럼 신선한 자유를 만끽했다

자유민주주의라는 말을 잊고 살 정도로
자유는 무한한 상상력을 발휘하게 하고
자유는 끝없는 발전의 날개를
무궁무진하게 나래를 펼치고 날고 있었다

자유를 공기처럼 마시며 공기처럼 가볍게
참을 수 없는 존재의 가벼움처럼 누렸다

어디선가 서서히 피어오르는 회색 연기
조금씩 짙어지는 연기 그냥 지나갈 줄 알았지만
점점 검은색으로 신선한 공기를 몰아내고
호흡을 할 수 없는 지대를 만들고 있었다는 것을
나중에 알았을 때는 너무 늦었다

왜 이리 부자연스럽냐는 느낌이 왔을 때
알아봤어야 했는데 그 또한 지나가리라는 말
말에 속는 줄도 모르고 지나쳤을 때
그들은 피식하고 웃고 있었을 것이다

그런 줄도 모르고 여전히 자유로운 줄 알고
자유를 펼칠 때 옥죄어오는 보이지 않는 손

요소요소 콕 집어 앉은 검은 손 거미줄 망
피할 수 없는 그물에 걸려 있었다

살려고 살 자고 외치는 죽기 살기 영역만이
자유의 권리를 행사할 수 있는 마지막 미로

은유로 비유로 할 필요도 없는 붉은 사상 대놓고
좌파 주사파 사회주의 공산주의 중국몽 굽신 굴욕 하면서
자유민주주의 대한민국 소국小國으로 스스로 격하

대한민국헌법 문서상 자유민주주의 실상은
한 번도 경험하지 못한 무지막지한 무법의 천지

자유민주 시민은 더 이상 자유로울 수 없는 나라
제정신을 가진 사람은 돌변해야 살 수 있는 나라
좌로 기수를 돌리고 계속 좌로 기수를 돌려 북으로
북으로 비행하는 껍데기 자유대한민국호

불안에 떨며 불안한 지대에 착륙하지 못하게 하려
항로를 남으로 돌리라고 소리소리 울부짖는다

우리는 우리는 우리는
자유민주주의가 공기고 산소다
언제나 처음처럼 신선한 자유를 만끽하도록
자유민주주의 강력한 엔진을 개조 보호하여
자유의 무한한 상상력을 끌어내리는 전체주의
그 까마귀 무리의 날개를 꺾어야 하리라

자유롭고 무궁무진한 이미지로 무지개 세상을 펼치며
자유를 공기처럼 마시며 산소처럼 생명의 소중함으로
이제는 더 이상 참을 수 없는 존재의 중대함으로
한 번도 경험하지 못한 좌파 악마의 나라
불타는 가슴 조국애 방패로 자유의 전선을 지키리라

천사와 악마의 얼굴

우리는 어디에서 왔는가
평범하게 보이는 우리
다 같은 시민이고 국민이기에 손을 잡는다
따뜻함이 전달되기에 서로 바라보며
미소를 짓는다, 사랑이 담긴 표정으로

언제부터인가 손을 잡는 손에 찬기가
그런 것 같은 한기가 느껴지는 것을
이상히 여겼지만 찬 바람을 쐬어서
그런가 보다 했다, 그냥 넘어갔다

어느 날 그의 표정은 다른 사람이었다
손을 잡아도 미소 대신 차가운 냉소가
에어컨 강풍처럼 불어왔다
자유가 활 활활 타오를 때는 시원했다
자유의 열기가 평상이 되고
안전하다고 일상이 진행될 때
서서히 금이 가고 있었다
눈치를 채지 못할 정도로

하나님의 이름을 부르고
교회 안에서 찬양도 하며
헌신하며 직분을 받았다

함께 손뼉을 치면서 삶을 나누었다
하나님을 반대하지 않았다
교회 속에서 함께 어울렸다

어느 순간 그는 말했다
나는 하나님으로부터 태어났으며
지옥을 안내하는 길잡이로 선택받았다
그가 어떻게 그렇게 되었는지 모를 일이지만
눈앞에 보이는 그는 다른 사람이었다
말로는 자유와 평화를 말하지만
표정은 항상 알 수 없는 철 가면이었다
사람들은 표정 하나 변하지 않는 모습에
열광했다

그의 마음은 자유를 잃었고 어둠이 지배하는
그림자가 얼굴에 언뜻언뜻 비치었다
마치 기억을 잃었다 찾기를 반복하며
가장 가까운 사람도 종잡을 수 없는 행동을 했다
그래도 믿을 수밖에 없었던 것은
같이 속해 있다는 것이었다

다르게 내칠 명분이 뾰족하게 나타나지 않았다
그러는 동안 참아주고 포용하고 가는 동안
주변의 삶이 서서히 무너지기 시작했다
다시는 회복할 수 없을 정도로 파괴되어가는
점진적인 자유의 억압에 주변인도

복사되어 가듯이 그렇게 변하여 가고 있었다

자유가 없어도 살 수 있다는 환경설정으로
사회적인 시스템이 엮어져 먹고사는 것이
이상하게 편하게 느껴졌다
치열한 경쟁은 오히려 귀찮아지고
열심 있는 신앙은 혐오스럽게 여겨지고
하나님의 이름은 그냥 부르기만 하면
되었다 너도 하나님의 이름을 부르고
나도 하나님의 이름을 부르는 것으로 되었다
그 이상도 그 이하도 아닌 평등이었다

하나님의 이름으로 모이는 것은 귀찮아졌다
하나님의 이름은 부르지만
집단의 이름으로 개인은 소외시켰다
교회의 직분은 가지고 있지만
아무 상관 없었다
국가의 직무는 가지고 있지만
아무 상관 없었다

북으로부터 내려오는 검은 손길이 가리키는 대로
수석대변인 또는 꼭두각시처럼 굴욕도 참는 것은
악령에 사로잡힌 노예의 형상과 다르지 않았다
남쪽에 세워둔 꼭두각시 인형
어둠의 영 악마 마르크스 레닌의 영이 주사파 사회주의자들
속에

신神내림으로 자리를 잡았지만
권력의 장막에 가리어져 사람들은 설마 했던 세월을 보냈다

하나님의 이름을 부르는 자들도
하나님의 이름을 부정하지 않는 자들이면
다 같은 하나님의 가족으로 받아들여 온 세월
교회는 그렇게 국가는 그렇게 속았다
여전히 교회 직분도 가지고 있고
여전히 국가 권력도 가지고 있으면서
교회를 파괴하는 선봉에서 깃발을 휘날리고
국가를 해체하는 신내림을 선언했다

그래도 알지 못하는 것은 이미
서서히 그렇게 그루밍을 당하여 물이든 까닭이라
자유민주주의 대한민국을 혐오하는 것이
국민의 절반 속에 스며들고
조선민주주의인민공화국을 찬양하는 것이
출세의 길이라는 것을 이미 체득한 탓이리라

자유민주주의에서 자유를 빼고 민주주의로 하자고 하고
자유대한민국에서 사회주의자 혁명을 꿈꾸는 자가 있고
자유민주주의와 사회주의는 반대가 아니라고 거짓말하는 자들
중국몽夢 사회주의 공산당을 보고도 자유민주주의 적이 아니
라고 하는가
북한몽夢 김일성 김정일 김정은 남매 눈치 지시 따라
입법부 삐라 금지법 통과 보고도 자유민주주의 적이 아니라고

하는가

이 모든 것의 결말은
악마인 사회주의 전사들에게 달려 있으니
하나님으로부터 태어난 사람이 지옥을 위하여 선택받았고
악마가 주는 권력과 쾌락에 자신의 영혼을 팔고 누리는 것이리라

이 모든 것의 결말은
천사인 자유민주주의 전사들에게 달려 있으니
하나님으로부터 태어난 사람 천국을 위하여 선택받은 교회들이
하나님의 뜻이 땅에서도 이루어지도록 악마의 세력을 물리치는 것이리라

우리는 지금 어디로 가고 있는가
악마와 손을 잡은 그 손을 멈추고
공산주의 신들의 이름으로 자유민주주의를 저주하는 자들을
자유주의 하나님의 이름으로 땅에 엎드러지게 하여야 하리라

높은 산봉우리에서 쏘아 올린 코로나

중국 우한 폐렴을 잊었는가
중국이 쏘아 올린 코로나19
높은 산봉우리 중국몽 우리 모두의 꿈이라고
헛소리를 한 어떤 정신병자 비슷한 이가 있었다고
그런 소리를 듣고도 침묵한 바보 백성이 있었다고
한다 한다 한다
기가 막힐 일도 아닌 것이
한 번도 경험하지 못한 나라를 이루겠다고 한
그 약속을 시행하고 있으니
입이 열 개이든 천 개든 무슨 말을 할 수 있겠나
코로나 기원紀元 3년, 변이 오미크론 화산 폭발하듯
여기저기 폭죽처럼 터지고 번지는데
여기 차단 저기 차단 방벽을 쳐야 하는데
그러기는커녕
이미 쳐놓았던 방역 정책도 풀어놓는다
어디까지 갈지 모르는 끝이 보이지 않는 코로나 전쟁
얼마나 국민이 더 죽어야
얼마나 국민이 더 고통당해야 할까
전염병 이용해 정치방역 정권 연장 음모 다 드러났어도
답변 못하는 묵비권으로 저네들 계획대로 가고 있는
자유민주주의 대한민국 내부의 적 주사파와의 사상 전쟁

참을 수 없어도 길이 보이지 않아
목숨 붙어 있어 자유를 지킬 때까지
끝까지 가는 것만이 우리의 갈 길

몇 번을 경험해도 행복한 나라

한 번도 경험해 보지 못한 나라의 정체
그것이 무엇이더냐
의아스럽기도 기대되기도 때로는 경악하며
왔고 왔는데 당당하게
베이징에서 선포한
중국몽夢과 운명을 같이하겠다
방점이 찍히는 순간
온 나라가 뒤집힐 줄 알았는데
수면 아래서 부글부글 끓기만 하고
폭발하지 않는 활화산이 생성되었다
괜찮아 괜찮아 아직은 괜찮아
아닌데 아닌데 괜찮지 않은데
뒤집혀 바로 잡아도 시간이 그만큼
그만큼 걸려야 할 아리랑고개
기다리고 있다는 걸
아는 사람만 아는 걸
분노하지 않는 사람은 죽은 사람
분노로 심장을 불태우는 자유의 전사들
대적하고 저항하여 무법자 대깨문의 무리
사라질 그날이 올 때까지
헌법의 깃발을 휘날리며 진군하라
전진하라 한 번도 경험해보지 못한 나라
사회주의 나라 건설을 꿈꾸는 비루한 자들

자유주의 나라 헌법 법치 몽둥이로 내려치라
우리는 자유민주주의 깃발 아래 하나로 뭉쳐
두 번을 경험해도
세 번을 경험해도 행복한 나라
자유주의 대한민국 몽夢
굳게굳게 지키는 용사 국민으로
살자! 살자! 살자!

저항하라

자유가 어디로 가는가
민주가 어디에 있는가
달님이 통치하는 임금 정권
자유민주주의 대한민국 자해하는
"민주"라는 이름의 가면을 쓴
세월호 촛불혁명 오만 정권

"이니 마음대로 해" 외치는
그 미친 응원 불길 되어
불법과 탈법 위로부터 아래로 흘러
썩은 물 폭포수로 흐른다
자유를 거스르는 온갖 정책 입법들 양산되어
부동산 기업 소상공인 자영업 개인 일상 옥죄고

코로나19 자랑하는 K방역 정치 이용
권력 유지 혈안 되어 코로나 감염사망자 확산돼도
눈 하나 깜작 않는 살인 정권
나라와 민족을 위해 기도하는 예배자들 있는 곳
족집게 집듯 찾아내어 교회 폐쇄행정명령 내려
국민 숨통 막아 질식케 하는구나

끝까지 벼랑까지 몰린 국민
끝까지 벼랑까지 몰린 교회 앞에
기다리는 것은 죽음
"한 번도 경험해보지 못한 나라" 광풍 맞아
죽어야 하나 탄식하지 말고
자유민주주의 대한민국 헌법 수호

국민 불복종 저항만이 희망의 길
국가는 영원하고 정권은 한시적
영원한 자유민주주의 대한민국 존속 위해
국가 파괴하는 달Moon 정권 온 국민 뭉쳐
한 목소리 한 행동으로
저항하라 저항하라 저항하라

이슬 같은 눈물 한 방울

한 편의 시詩라고 하면
한 편의 인생이 있고
그들이 있다

어찌 다 표현할 수 있을까
한 편은 이슬 같은
눈물 한 방울이면 족하리라

가뭄에 이슬 같은 시 한 방울
될 수 있다면
그만한 인생 연명의 희망이라고
시맥詩脈이 손짓할 때마다

보이면 따라가고
보이지 않으면 헤매다가
"심 봤다" 할 때까지 가는

가는 가는 것이 나만이 아닌
친구들이 있어 행복한 것을
그렇게 믿고

오늘도
크고 따스한
하늘의 손을 잡는다

이 사람들은 누구인가

봄이 오면
봄의 색채를 입듯
여름이 오면
여름의 빛깔을 입듯
가을이 오면
가을의 열매를 먹듯
겨울이 오면
겨울의 추위를 감싸듯
시대時代가 오면
그 시대의 대세를 따르듯
적응하며 사는가 보다 하지만
그런가 하고 볼 수 없어

어쩌다 시국時局, 천륜 인륜 거슬러
자유를 파괴하고 달리는 괴물 열차
어디쯤에서 멈추면 살겠지만
천하 옹고집 망할 길 끝까지 가고 있는
귀태鬼胎, 좀비 무리
축복의 시대를 저주의 시절로 바꾼
돌변한 그 주체사상의 노예들
자유민주주의 불타는 심지心志
곧, 자유의 이름으로
심판할 날이 가까우리라

7부

아식도 끝나지 않은 코로나 팬데믹에서 생존하는 길

자유민주주의 대한민국에 봄은 올 것인가
목 놓아 봄을 기다리는 대지 위를
쏟아지는 햇살에 젖으며 걸어간다

견디어라 살아라

코로나19 불청객
그때 들어왔는데
생각하면 할수록 분하기만 한
이 감정이 지속되는 것은
왜일까
그때그때 잡았으면
문단속을 바로 했었더라면
좋았을걸
좋았을걸
땅을 치고 후회했었지만
시간이 흘러 어느새 2년을 더 지나고
분노의 감정보다 생계가 걱정이라
남을 돌아볼 여력도 다 빠져
내 코가 석 자 여섯 자
긴 코끼리 코처럼 나와
그 코에서 고름이 피로 검은 피로
중병을 알리는 빨강 신호등 꺼지지 않는다
119 구급차 재난지원금 땜빵이고
그마저 떨어지면 어디로 떨어질까
목숨이 위태롭기만 하고
오죽하면 극단적 선택을 하는 옆집 사장
아! 나도 그렇게 되지 않을까
오싹하는 소름이 돋는다

코로나19 귀신이 돌아다녀 어디서 붙을지도 몰라
마스크 맨 세상천지라
어디를 봐도 얼굴 세상천지가 될 날이 올까
원망 분노 감정도 삭아지고
내 앞치다꺼리하기 급급한 발등의 불 끄기
바쁘다 바쁘다 아! 바쁘다
아파도 찍소리 못하고 급처리해야 할 일에
온 신경도 무디어져 노곤한 심신 위로
피로의 무게 중량감이 내려온다
어둠의 무게 잠의 중압감 밤인가 밤하늘인가
별빛이 반짝이는 뇌 속에 오늘도 하루가 가고 있는가
오늘도 정말 지나갈 수 있을까

코로나 아리랑

우린 그대와 나 처음 태어나 한 번도 경험해 보지 못한 생을 가는데 이공이공년 공포의 재앙 북쪽에서 남쪽으로 날라와 또 한 번 한 번도 경험해 보지 못한 코로나바이러스 플러스 생을 산다 시작은 중공 우한폐렴 한국에선 변이되어 코로나19 이 발원 한국이라 주장 주장 해외 입국자 문 활짝 열어 놓고 재 확산된다고 내국인 탓 탓 탓 네 탓이야! 너 탓이야! 중국 탓 정부 탓 전무全無 없고! 온갖 집회 탓 온갖 단체 탓 국민 탓! 강제 격리 자가 격리 사회적 거리두기 2.5단계 숨을 헐떡이며 3단계로 갈까 말까 숨 막히는 코로나 포비아! 진실과 거짓 뉴스 경계 무너진 사상의 전투 당신과 나 그리고 우리 코로나 팬데믹 태풍에 실려 어디까지 가게 될까 두려워 떨지 말고 기도하는 당신과 나 이 폭풍 속을 안전하게 지나면 새 빛의 나라 열릴 것 마음에 그리며 아리아리 아리랑 코로나바이러스 고갯길을 넘어간다

밤이 되고 낮이 되니

밤은 어둠으로 찾아오고
낮은 밝음으로 찾아오는
일정한 주인
우리는 그 밤과 낮을 드나드는 일정한 고객
밤이 오면 따뜻한 어둠 속으로 몸을 감추고
낮이 오면 화창한 밝음 속으로 몸을 드러내
하루의 시작과 끝을 오가며
희희낙락하기도 하며
이런저런 이야기를 풀어내기도 하지만
어둠에 묻히고 갈 길을 잃은 사람들
밝은 대낮에도 갈 길을 잃은 사람들
밤은 어둠의 시대라 받아들이지만
낮도 어둠의 시대라 받아들이기 어려워도
밤과 낮을 한 가지 어둠의 시대로 통과해야 하는
한 번도 경험해 보지 못한 나라의 터널 속에 있어
꼼짝없이 이 관棺과 같은 시절 인동초忍冬草처럼
당신과 나 우리 손잡고 그날을 위해 기도하는 시간
다시
밤은 어둠으로 찾아오고
낮은 밝음으로 찾아오는
일정한 주인
우리는 그 밤과 낮을 드나드는 일정한 고객

동장군에 빼앗긴 봄도 돌아오는데

동장군에 빼앗긴 봄이 돌아오듯
봄이 오는가 했다
마음도 봄 준비했는데
갑자기 한파 주의보
하루 이틀 반짝 맹추위
그럴지라도 봄은 온다
살짝 얼었을지라도 겨울 끝자락
겨울의 여운 맛이듯
586 김일성 주사파 우상 무리에 빼앗긴
한 번도 경험하지 못한 나라에 봄은
오려는가 온다고 빈다
반드시 와야 한다고 강력히 희망한다
오고 있다 저기 오고 있다
그날이 언제야 3.9 대선이지
그날이 와도
빼앗긴 많은 영역의 정상 회복은
시간이 솔찬히 걸릴 거야
그래도 와야 하는 것이야
풀리지 않을 것 같았던 맹추위도
이리 풀려 마음을 따뜻이 하는데
유사 전체주의 중국몽 숭배로 꽁꽁 언
소국小國마음 역적逆賊마음 패거리들
정권교체 활활 타오르는 뜨거운 열기에

북극 빙산 녹아 몰락하듯
낙하落下하리라
세월호 촛불징신 무뇝 무노한 누리에 빼앗긴 세상에도
임인년壬寅年의 봄은 봄봄봄이 되리라

거짓말 나라 이야기

그 말 들었어
거짓말
진짜 가짜 뉴스
그럴 리가
에이 그걸 믿어
그거 가짜야
내가 한 말 진짠 줄 알았어
한번 해 본 소린데
무슨 말이든 못해
알아서 판단해
내가 이러쿵저러쿵할 순
없으니 네가 알아서 해
말하는 것을 금세 뒤집어도
또 뒤집어도 아무렇지도 않은
지금껏 살아왔던 세상과
다른 세상
그래도 세상은
물레방아처럼 잘 돌아가지만
웃음소리 들리지 않는
유리방 같은 섬찟, 서늘함으로
한기寒氣가 거리를 걸어가고 있다

저만치 봄은 오는데

겨울을 통과하는 지점
소한을 이틀 지난 금요일 영하 5도
이만하면 동장군과 동행할만하나
햇살은 맑음, 하늘은 쨍함
바람은 차디찬 친구의 손을 잡은 것 같다
밟고 선 땅 무르지 않아 딱딱하고
서 있기 든든하여 다리에 힘이 들어간다
정원에 피었던 꽃과 식물들은
겨울잠 자는 백설 공주처럼 늘어섰다
아무도 찾지 않는 비밀의 정원
정원지기만 가끔 잘 있는가 둘러보고
깨어날 그 순간을 목 빠지게 기다린다
대한까지 열세 발짝
거기서 열다섯 걸음을 가면 봄의 입구
봄봄봄인 입춘대길 만세! 봄이 온다
찬바람 찬 대지에 빼앗긴 들에도 봄은 오듯이
세월호 촛불 좌파 주사파 사회주의 이념에 빼앗긴
자유민주주의 대한민국에 봄은 올 것인가
목 놓아 봄을 기다리는 대지 위를
쏟아지는 햇살에 젖으며 걸어간다

또다시 고도를 기다리며

오고 있다
저기서 오고 있다
곧 온다

오고 있다
저기서 오고 있다
곧 온다

그가 누구지
우리의 열림이지
꼭 올까?

오고 있다
저기서 오고 있다
곧 온다

기다림으로
기다림으로
그는 꼭 온다

*사무엘 베케트(Samuel Beckett)의 "고도를 기다리며(Waiting for Godot)"에 응답하는 시임.

Waiting for Godot again

He is coming
There is coming
He comes shortly

He is coming
There is coming
He comes shortly

Who is he?
He might be our openness
Does he come certainly?

He is coming
There is coming
He comes shortly

Waiting for him
Waiting for him
Certainly he comes

*영시 번역은 최홍규 동국대학교 대학원 영문학 박사(시인, 문학평론가), 중앙대학교 명예교수, 미국 하버드대학교, 영국 케임브리지 대학교 교환교수께서 해 주신 것임을 밝힘.

뭉클한 서정의 감성이 전달되길 바라는 마음

-김대응 시인

작품 해설에 대한 우선 이해를 위한 설명이다. 보통 작품 해설이라고 하면 대부분 시집 안에 있는 몇 편의 시들을 평하고 저자에 관한 약간의 것을 이야기하는 것이다. 그와 같은 형식을 본 작품 해설에서는 취하지 않았다. 각 시에 대한 평은 독자가 하면 된다고 생각하기 때문이다. 작품 해설자가 일일이 각 시에 대한 평을 한다면 독자는 시에 대한 편견을 가질 수도 있기 때문이다. 여기서는 저자가 한 권의 시집이라는 작품으로서의 해설을 하기로 하였다는 것을 염두에 두고 읽었으면 한다.

시인은 강원도 평창에서 출생했다. 유년 시절부터 사춘기 시절은 이효석의 메밀꽃 필 무렵의 무대인 대화 시외버스정거장과 황금색의 벼이삭이 반짝이는 논이 있는 들판 안미와 산골짜기 계곡물이 굽이굽이 흐르는 금당계곡 그리고 영혼의 맑은 강물이 하염없이 흐르는 평창강이 있는 고향에서 성장하였다. 그 후 서울로 유학을 하였고, 삶의 변곡점을 계속 맞이하고 넘어가며 현재까지 시줄을 꾸준히 뽑아내고 있다.

그의 첫 번째 시집은 2004년 6월 창간호 월간 『스토리문학』 시 부문 신인상 등단한 이후 2006년에 문학공원에서 「너에게로 가는 마음의 기차」가 발간되었다. 이 시집의 작품 해설은 문학공원 발행인 김순진 시인이 썼다. 그는 김대응 시인의 시 세계를 '사랑과 봉사와 삼사의 언어'라고 평하고 있다(p.126).

두 번째 시집은 2011년 채운재에서 「폭풍 속의 기도」가 발간되었다. 이 시집의 작품 해설은 작고한 성신여대 명예교수인 이성교 시인이 썼다. 그는 김대응 시인은 '생활의 부드러움과 밝은 시, 영혼의 맑은 세계'라고 평하고 있다(p.110).

세 번째 시집은 2020년 월간문학출판부에서 「나, 여기 있어요」가 발간되었다. 이 시집의 작품 해설은 한국문인협회부이사장인 정성수 시인이 썼다. 그는 '김대응 시인은 절대자와 자아에 대한 아가페 사랑을 뿌리로 한 단독자로서의 존재성 확인, 신의 강림을 향한 무한 기다림의 미학과 종교적 신뢰, 그에 대한 자신의 강렬한 인간적 의지를 다양하게 노래한다. 크게 말하자면 이 시집은 신과의 사랑에 대한 특별보고서'라고 평하고 있다(p.130).

김대응 시인이 어떤 시인인지 2007년 1월 15일 첫 시집 출판기념회에서 작고한 소설가 유재용이 한 "축사"에 그 내용이 고스란히 담겨 있다고 해도 과언이 아니다. 아래는 그 전문의 일부이다.

"제가 오늘 이 자리에 참석하게 된 것은 김대응 시인(오늘 이 자리는 시집출판기념회니까 목사가 아닌 시인으로 호칭하겠습니다)

과의 꽤 오래된 인연 때문입니다. 제가 김대응 시인과 처음 만난 것은 아마도 30년쯤 전, 김대응 시인의 나이 19~20세 무렵이었던 것 같습니다. 김대응 청년이 시공부를 하고 싶다며 저를 찾아왔는데, 제가 김대응 청년과 마찬가지로 강원도 출신 문인이었기 때문이 아니었을까, 또는 병마와 싸우며 문학 수업을 해 등단한 내력 때문이 아니었을까 하고 짐작을 했습니다.

강원도 평창, 가리왕산 부근이 고향이라는 김대응 청년의 첫 인상은 순수함, 순진함이었습니다. 제가 시를 전공했다면 기꺼이 직접 지도해 주고 싶은 생각이 가슴 속에서 우러났지만, 저는 소설을 전공한 터여서 큰 시인 박재삼 시인에게 소개해 주었습니다. 김대응 청년은 그때부터 지금은 작고한 박재삼 시인에게 시를 사사했습니다.

그러니까 김대응 시인의 시 수업은 적어도 30년 전으로 거슬러 올라가는 결코 짧지 않은 역사를 지녔습니다. 돌이켜보면 김대응 청년의 상경은 목회자보다는 시인이 되기 위한 것이 첫 번째 목표였을 것이라고 생각됩니다. 그러나 그 이면을 자세히 들여다보면 하나님의 뜻이 그 속에 임재해 계심을 알 수가 있습니다. 김대응 청년을 미래의 목회자로 선택하시고, 교육시키고 연단시키려는 하나님의 뜻과 계획 말입니다.

요한복음 1장에 "태초에 말씀이 계시니라. 이 말씀이 하나님과 함께 계셨으니 이 말씀은 곧 하나님이시니라. 그가 태초에 하나님과 함께 계셨고, 만물이 그로 말미암아 지은 바 되었으니 지은 것이 하나도 그가 없이는 된 것이 없느니라. 그 안에 생명이 있었으니 이 생명은 사람들의 빛이니라." 이렇게 기록되어 있습니다. 말씀은 곧 하나님의 영으로서의 언어입니다. 그리고 시는 언어 중에서도 가장 순수하고 아름답고 정교하게 형상화된 언어예술입니다.

〈시이튼의 동물기〉에 관절염에 걸린 곰 이야기가 실려 있습니다. - 중략 - 김대응 시인도 시가 그리워 시인이 되려고 상경했지만 실상은 하나님 말씀에 대한 목마름이었습니다. 물론 이 세상의 시가 모두 하나님의 영감으로 차 있는 것은 아닙니다. 우상이 되어 있는 시도 있고, 사탄의 언어로 된 시도 있습니다. 그러나 김대응 시인의 시야말로 하나님을 향한 영감으로 충만해 있어 우리들 영혼의 양식으로 삼을 만합니다. 시집 출간을 축하드리며 목회자로서 시인으로서 쉬지 않고 전진하시기 바랍니다."

위에서 세 권의 시집에 대한 각 평에서 공통점이 있다는 것은 소설가 유재용의 축사에서 예견된 것이라고 할 수 있다.

이번 네 번째 시집은 저자인 김대응 시인이 작품 해설을 직접 썼다. 그 이유는 본인의 작품세계를 더 정확하게 전달하고픈 마음에서이다. 김대응 시인의 시적 스승인 고 박재삼 시인은 개인적으로 만났을 때 '시인은 제3의 눈을 가져야 한다'고 했다. 그 말은 내 시의 초기 작업에 중심을 이루는 저변이었다. 그때의 시들은 발표된 것이 없다. 그 이후 내 삶의 변화가 일어나 시를 쓰지 못하던 기간이 생겼다. 이것이 회복되는 데는 얼마의 시간이 지나 특별한 삶의 충격을 거듭하였다. 이후 내 시의 중심에는 "주는 그리스도시오, 살아계신 하나님의 아들입니다"라고 하는 중심이 반석을 이루고 있다.

1. 시의 단어와 문장

시는 시다. 시는 시 이상도 시 이하도 아닌 시로써 존재한다. 너무나 시다운 존재의 시를 추구한다. 시에는 정서가 있고, 시에는 사상이 있다. 시라는 집에는 생각이 표현된다. 그 생각은 우리가 겪고 있는 모든 것들에 대한 생각의 용광로에서 詩줄로 뽑아내는 것이다. 생각은 고뇌이고 사상이 있다. 그 사상은 과거와 현재를 잇는 것이다. 사상이 시로 표현될 때 설명하기보다 핵심적인 마음의 표현이 울컥하게 되어도 다 풀어놓지 않는다. 인내하고 또 인내를 거듭하다 아침이슬과 같은 영롱한 단어로 응축된 시어를 배치하게 된다.

시의 단어 하나, 시의 문장 한 줄, 시 문장의 줄 수에는 고뇌와 연단에 의한 글 자리를 놓게 된다. 처음 자리에 있을 것, 중간에 자리할 것, 맨 끝에 마무리해야 할 자리를 찾아 이리저리 거듭거듭 시를 짓는 것이다.

2. 시의 요소인 언어의 영역

시의 필수 요소인 시적 언어로써 금기의 영역이 있을까? 그런 영역은 없다고 본다. 아니 없어야 한다. 자유민주주의 국민에게 부여된 표현의 자유에는 모든 것을 말할 수 있는 자유가 있다. 시인에게도 당연히 모든 것을 표현할 수 있는 자유가 있지 않은가? 어떤 것은 특히 특정 영역에 있어서 정치적인 의미를 띄고 있다고 하여 금기시한다면 표현의 자유를 제한하는 것으로 자유 국민이 아니다.

그러나 시대적으로 금기시되는 상황 속에서도 표현하지 않으면 안 되는 마음의 폭발을 심정적으로 잘 표현한 변영로의 시가 "조선의 마음"이었다. 그는 금기시되는 조선 민족의식을 표현한 시를 썼다. 일제 강점기 식민지 시대, 민족에 대한 사랑과 아픔의 의식을 명징하게 표현하여 가슴 아픈 조국의 표현을 썼다고 일제에 시집이 압수되기도 했다.

이러한 민족의식의 표현은 김소월·변영로·이상화·한용운 등의 시들과 같이 조국의 슬픈 현실을 임으로 노래하는 것으로 이어졌다. 시인의 감성은 그 당시를 살아가는 시국의 정서를 더욱 심히 저항적인 정서로 느낄 수밖에 없다. 시에서 사용하는 언어의 영역에는 금기가 타파되고, 모든 영역의 단어를 사용하여 시라는 작품으로 승화시키는 것이다. 그것이 시인으로서의 존재의 이유이며 역할인 것이다.

시를 말할 때, "서정적인 시만이 시다."라는 것은 시인 스스로를 제한하는 것이다. 서정적인 영역은 어느 영역이든 다 표현될 수 있는 것이다. 어떤 영역은 서정적이고, 어떤 영역은 정치적인 면이 있어서 서정시라고 할 수 없다는 것은 편견이다. 거기에도 서정이 있다. 시가 서정적이라는 것은 정서를 듬뿍 담고 있는 것을 말한다. 이 정서는 사람의 마음에 일어나는 여러 가지 감정 또는 감정을 불러일으키는 기분이나 분위기를 뜻한다. 이러한 것을 모든 영역에 있는 것들을 원용援用하여 시를 통하여 표출하는 것이다.

시에 대한 금기의 영역은 필자가 알기로는 민족의식이나 정치적인 직접적 관련이 있을 때를 말한다. 이것을 금기시하는 이유는 딱 하나이다. 파당을 가르거나 자신을 공격한다고 여기기 때문이다. 시는 공감인데 그러한 사상의 내용을 인정하고 싶지 않을 때이다. 그럼에도 불구하고 그러한 시상詩想들을 시인들은 써왔고 지금도 시를 쓰고 있다.

3. 시로 만든 집의 구조

시집을 열면 시인의 말과 목차가 펼쳐진다. 그리고 맨 뒤쪽에는 작품 해설이 있다. 이 세 가지 부분을 눈여겨보아야 한다. 이러한 것은 서로 연결되는 것이다. 한 편의 시를 보고 좋다 하는 경우는 계속 읽게 된다. 한 편의 시를 보고 독자의 생각과 공감이 안 되면 뭐 이런 것이 있어 하고 덮게 된다. 그러지 않았으면 좋겠다는 말을 하고 싶은 것이다. 한 편의 시로서도 존재하지만 한 편의 시들을 모아 시의 집으로 만든 시집은 서로 유기적으로 관련이 있다는 이해가 필요한 것이다. 이 시는 이 자리에, 저 시는 저 자리에, 요 시는 요 자리에 있도록 시가 사는 집을 구성한 것을 바르게 보았으면 하는 것이다.

한 편의 시가 나에게 좋은 것은 다른 이에게는 그렇지 않은 것일 수도 있다. 역으로 한 편의 시가 자신에게 좋지 않게 보이는 것일지라도 다른 이에게는 좋게 보일 수도 있다는 것이다. 한 편의 시는 저마다 개성이 있고, 특성이 있고, 존재의 이유가 있는 것이다. 그러한 생각을 품고 시를 본다면 시를 보는 눈이 새로워질 수 있다. 시집은 시들이 사는 집이다. 시집을 한 권 들었을 때는 시의 집들이를 하는 기쁨의 기대를 하는 것이다. 이 시집을 보고 기대하는 어떤 마음이 조금이라도 있기에 시집에 손을 대는 것이다. 그것이 우연일 수도 있고, 누군가의 이야기를 듣고 찾아보는 것일 수도 있다. 그 시의 집들이에서 좋은 것 하나만이라도 만난다면 충분히 가치 있는 시간을 보낼 수 있지 않겠는가.

4. 시집에서 꼭 보아야 할 것

시집은 시집으로 보아야 한다. 한 편의 시를 가지고 시집 전체를 판단해서는 안 된다. 시집이 아닌 어느 한 공간에서 한 편의 시를 본다면 그 한 편으로 감상의 평을 스스로 하면 된다. 또한 한 편의 시가 탄생한 배경을 아는 것과 모르는 것은 감상에 영향을 미친다. 가능하면 한 편의 시가 탄생한 배경을 조금이라도 아는 노력을 한다면 시에 대한 이해가 깊어질 것이다. 그 배경은 시인의 인생을 의미하는 것과 그 세대의 시국을 이해하는 것일 수도 있다. 한 편의 시를 이야기할 때는 시집에서 나왔을 때의 한 편의 시다. 시집을 통해 볼 때는 시집의 처음부터 끝까지 전체 시의 집의 분위기를 보아야 한다. 이럴 때 시집을 제대로 본 것이다.

5. 시집의 내연과 외연

시집의 내연은 시집 안에 있는 하나의 작품들이 시집 안에서 고리로 연결되어 있다. 한 편과 또 한 편을 연결되어 생각하면 한 편으로만 느꼈던 그 의미와는 다른 차원으로 넘어가게 된다. 마치 시 한 편을 그냥 읽었을 때와 시인의 다른 작품을 연결해서 읽었을 때는 그 느낌이 확연하게 다른 것과 같다. 시집의 외연은 시집 안에 있는 시들이 시인의 성장기와 그 시대적 배경을 알게 되면 그 시가 왜 그렇게 쓰여졌는지를 알게 된다. 단순하던 시가 그 시인이 살던 그 당시의 시국을 바르게 이해한다면 그 시의 감성을 심층성 있게 감동적으로 읽어낼 수 있다.

6. 시집의 파장波長

시집은 하나의 책으로 서재에 장식용으로 꽂아 놓는 소장품이 아니다. 하나의 시집은 세상으로 나와 사람들의 입에서 오르내려야 한다. 낭송이 되고, 여기저기 돌아다니면서 읽히고, 건네져야 한다. 사람과 사람 사이에 선물로써 주고 싶고, 받고 싶은 사상의 전달이기를 기대한다. 이럴 때 시집 안에 있는 시들은 시집 안에 있는 용容이 아니라 시집 바깥의 세상에 파장 즉 물결을 일으키는 살아있는 시로써 존재하게 된다.

시인 또한 시집을 한 권 출판했다는 것으로 위안을 삼는 것이 아니다. 할 수 있다면 정말 그렇게만 될 수 있다면 한 권이 시집이 계속 팔려서 많은 이들에게 시인의 감성이 전달되기를 소망하는 것이다. 시집 속에 있는 어느 특정한 시가 문제(?)가 있다고 시집 전체를 매도하는 일이 없기를 바라는 것이다. 시에는 서정抒情이 있고, 정서情緒가 있다. 이러한 감성은 특정한 영역에만 있는 것이 아니라 모든 영역에 다 있다. 즉 특정한 영역은 서정시가 아니다라는 것은 논리가 맞지 않는 것이다.

서정은 모든 영역에 존재하는 향기와 같은 것이다. 좋은 향기도 있고, 구린 향기도 있고, 독한 향기도 있다. 그 모든 향기는 저마다 존재의 이유가 있기에 나는 것이다. 그러한 향기는 어딘가에 다 쓸데가 있다. 그러한 다양한 향기가 온 세상 사람들에게 다가가서 정서를 깨우는 전령이 되기를 원한다.

저자 연보

현 (사)한국문인협회 회원(시인), (사)한국문인협회구로지부 회원

현 한국예술인복지재단에 등록된 예술인

현 기독교한국침례회 예수향기교회 담임목사

현 한국침례교회역사연구회 회장

현 한국기독교역사연구소 연구회원

강원도 평창 출생(1958)

한국침례신학대학교 기독교교육과 졸업(B.A.)(1987)

한국침례신학대학교 신학대학원 졸업(M.Div.)(1990)

기독교한국침례회 목산문학회 총무 및 사무국장(1996~2000)

한국침례신학대학교 신학대학원 외래초빙 교수(2003)

기독교한국침례회총회 역사연감편찬위원(2007)

한국침례신학대학교 목회신학대학원 목회학 박사(D.Min.)(2019)

미국 사우스웨스턴 침례신학대학원 목회학 박사(Southwestern Baptist Theological Seminary, D.Min.)(2019)

2020년 한국예술인복지재단 창작준비금지원 선정 수혜

2022년 한국예술인복지재단 창작준비금지원 선정 수혜

■ 등단 및 수상 경력

2004. 월간「스토리문학」(6월 창간호) 신인상 당선으로 등단

1983, 1984, 1985. 목산문학상 시부문 수상. 한국침례신학대학교

1993. 4. 19. 침례회신문 복간16주년 안양지방회 취재 기자상 수상-침례신문

2007. 9. 11. 공로패. 기독교한국침례회총회 역사편찬위원, 총회장 이대식

■ 논문

1. 「國內 基督敎 敎團 最初 神社參拜 拒否로 인한 東亞基督敎의 受難과 5·10 紀念日 制定에 관한 論考 - 1944년을 中心으로」. (本考는 2015年 9月 기독교한국침례회 105차 총회에서 기념일이 제정되는데 기여한 논문)
2. 김대응 박사학위논문. 「동아기독교의 신사참배 거부에 기초한 기독교인 정체성 함양을 위한 교육교재 개발」. 한국침례신학대학교 목회신학대학원. 2019
3. Kim, DaeEung Thesis/Dissertation. 「Developing an Educational Textbook to cultivate Christian Identity through the Study of Donga Christianity's Opposition to the Forced Shrine Worship as an Idol Worship」. Southwestern Baptist Theological Seminary. 2019

■ 미출판

2016. 편역. 「예심청구서: 함흥지방법원검사국」. 한국침례교회역사연구회

■ 사진관련

2011. 월간사진 1월호 콘테스트 "행복" 입선
2011. 월간사진 2월호 콘테스트 주제별 최우수상 "출발"
2011. 월간사진 4월호 콘테스트 "유혹" 입선
2011. 월간사진 7월호 콘테스트 주제별 최우수상 "그 심장의 빛"
2011. 월간사진 8월호 콘테스트 "의지" 입선
2011. 제4회 서울메트로 전국미술대전 사진분야 "인생같은 버스" 입선
2011. 제4회 서울메트로 전국미술대전 입상작 전시(메트로미술관), 9월 8~13일

2011. 월간사진 9월호 콘테스트 주제별 최우수상 "걷지마세요"

2011. 월간사진 10월호 콘테스트 주제별 최우수상 "거울 속을 걷다"

2012. 기독교한국침례회 교회진흥원 "뱁티스트 달력" 기획제작

2013. 기독교한국침례회 교회진흥원 "뱁티스트 달력" 기획제작

2013. 6. 15. 제1회 창신사진클럽 사진전시회 진시

2014. 전국목회자부부 영적성장대회 "행복한 여가생활 사진" 강의. 기독교한국침례회총회

2014. 기독교한국침례회 교회진흥원 "뱁티스트달력" 기획제작

2015. 기독교한국침례회 교회진흥원 "뱁티스트달력" 기획제작

■ 저서

2002. 「청년대학부 필생전략」. 작은 행복

2008. 「내 인생을 바꾼 성서 속 23가지 지혜」. 라이프앤라이프

■ 공저

1998. 「성장하는 14교회 청년대학부 부흥전략」. 기독신문사

2002. 「건강한 12교회 청년대학부 부흥전략」. 기독신문사

2007. 「2007 역사연감」. 기독교한국침례회총회 역사연감편찬위원회

■ 단행본 시집

2006. 김대응 제 1시집. 『너에게로 가는 마음의 기차』. 문학공원

2011. 김대응 제 2시집 『폭풍 속의 기도』. 채운재

2020. 김대응 제 3시집 『나, 여기 있어요』. 월간문학출판부

■ 공저 시집

2016. 한국문인협회 시분과 사화집, 「한국시인 대표작 1」. "너에게로

가는 마음의 기차", 서울: 한국문인협회 시분과

2017. 한국문인협회 시분과 사화집, 「한국시인 사랑시 1」. "그대는 내 노래", 서울: 한국문인협회 시분과

2019. 「2019 명작선 한국을 빛낸 문인」. "내 영혼 바람에 실려", "행진", "우리 앞에 있는 것들에 대하여", 도서출판 천우

2020. 「2020 명작선 한국을 빛낸 문인」. "하품", "하늘로 가는 여행자", "뒤뜰", 도서출판 천우

2021. 「2021 명작선 한국을 빛낸 문인」. "태양의 길을 가듯", "그때는 몰랐고 지금은 알았다", "살고 지고", 도서출판 천우

■ 작품 시 발표

2004. 월간 「스토리문학」(6월 창간호) 신인상으로 등단. "약속", "죽음", "추억이 머무는 묵상", 문학공원

2005. 월간 「스토리문학」 6월호. "혼자놀기", "표현하지 않는 것은 중병입니다", "神이 글 밭이 되는 세상이 행복하다", 문학공원

2005. 월간 「스토리문학」 11월호. "사냥", "인간", "도시", 문학공원

2008. 월간 「스토리문학」 7월호. "미소", "어떻게 하지", "바람이 불면", 문학공원

2010. 계간 「현대문학사조」 여름호. "오월의 찬가", "너에게 난 무엇이었을까", "이미 여기에 있는 것을", 채운재

2013. 「구로문학」 17호. "부활하는 산", "천사와 악마", 한국문인협회 구로지부

2013. 제13회 구로시화전. "하루를 여는 서시", 한국문인협회 구로지부

2014. 「구로문학」 18호. "간절한 이유", "이 길을 걷는 당신에게", 한국문인협회 구로지부

2014. 제14회 구로시화전. "이 길을 걷는 당신에게", 한국문인협회 구

로지부

2015. 「구로문학」 19호. "생각의 빛", "그곳에 갈 수 있을 때", 한국문인협회 구로지부

2015. 제15회 구로시화전. "크고 부드러운 손길", 한국문인협회 구로지부

2016. 「구로문학」 20호. "우리 앞에 있는 것들에 대하여", "세월의 청춘", 한국문인협회 구로지부

2016. 제16회 구로시화전. "너에게로 가는 마음의 기차", 한국문인협회 구로지부

2017. 「구로문학」 21호. "가는 길", "오시는 임", 한국문인협회 구로지부

2017. 제17회 구로시화전. "그대는 내 노래입니다", 한국문인협회 구로지부

2017. 「문학세계」 9월호. "나, 사랑하리라", 도서출판 천우

2018. 「구로문학」 22호. "고척동에 황혼이 질 때", "고척동의 저녁", 한국문인협회 구로지부

2018. 제18회 구로시화전 숲속의 구로공원 시비 세움전. "천국의 미소"(고척근린공원), 한국문인협회 구로지부

2019. 「월간문학」 8월호. "씨앗 하나", 한국문인협회

2019. 「문학세계」 8월호. "너 자신을 사랑해", 도서출판 천우

2019. 「구로문학」 23호. "가을답게 하는 것들", "붕어빵에 녹는 겨울", 한국문인협회 구로지부

2019. 제19회 구로시화전. "나는 평화", 한국문인협회 구로지부

2020. 5. 1~21. 4. 30. 시화작품설치 "나는 평화" 공동전시 참여, 구로구청 청사 내 복도갤러리, 한국문인협회 구로지부

2020. 「문학세계」 6월호. "그 산에 있는 것 때문에", 도서출판 천우

2020. 「문학세계」 9월호. 명시 세계로 가다 (9회) 영문 번역시 "또다시 고도를 기다리며", 도서출판 천우

2020. 「구로문학」 24호. “코로나바이러스 아리랑”, “꽃향”, “한 번도 경험해 보지 못한 생에 대하여”, 한국문인협회 구로지부, 2020. 12. 9.

2021. 「문학세계」 1월호. “이슬 같은 눈물 한 방울”, 도서출판 천우

2021. 「문학세계」 11월호. “마음에 핀 촛불”, 도서출판 천우

2021. 제21회 구로시화전. “나는 부활이다”, 10월 12~18일, 한국문인협회 구로지부

2021. 「구로문학」 25호. “내 돈 내고 ”나 잘났소”, “경계인의 노래”, 한국문인협회 구로지부, 2021. 12. 8.

2022. 「문학세계」 3월호. “유자식 상팔자 꽃”, 도서출판 천우

2022. 「문학세계」 5월호. “타는 가슴의 이유”, 도서출판 천우

2022. 제22회 구로시화전. “또다시 고도를 기다리며”, 10월 18~24일, 한국문인협회 구로지부

2022. 「한국작가」 겨울호. “물들지 않는 것에 대하여”, 한국작가협회/한국작가

2022. 「순수문학」 12월호. “좋아질까 그때 가면”, 월간순수문학사

2022. 「구로문학」 26호. “코로나19 가을의 기도”, “여행 버스가 오지 않는 코로나 정거장”, 한국문인협회 구로지부, 2022. 12. 13.

뭉클

김대응 지음

발행처 도서출판 청어
발행인 이영철
영업 이동호
홍보 천성래
기획 남기환
편집 방세화
디자인 이수빈 | 김영은
제작이사 공병한
인쇄 두리터

등록 1999년 5월 3일
(제321-3210000251001999000063호)

1판 1쇄 발행 2023년 1월 22일

주소 서울특별시 서초구 남부순환로 364길 8-15 동일빌딩 2층
대표전화 02-586-0477
팩시밀리 0303-0942-0478
홈페이지 www.chungeobook.com
E-mail ppi20@hanmail.net
ISBN 979-11-6855-115-2(03810)

본 시집의 구성 및 맞춤법, 띄어쓰기는 작가의 의도에 따랐습니다.

이 책은 한국예술인복지재단 2022 창작준비금 지원사업에 선정되어 출판하였습니다.